El Cangur

212

Salvador Espriu

# Cementiri de Sinera
# Les hores

Edició a cura d'Agustí Espriu i Malagelada

Edicions 62

Barcelona

Sèrie «El Cangur Plus» dirigida per Carme Arenas.

L'edició de *Cementiri de Sinera / Les hores* va ser publicada l'any 1978 dins la col·lecció «Els llibres de l'Escorpí/Poesia», i se'n van fer cinc reimpressions. L'any 1985 ambdues obres van ser incorporades dins *Obres Completes/1. Poesia, 1* («Clàssics Catalans del Segle XX»).



Disseny de la coberta: Pep Trujillo.
Il·lustració de la coberta: Fragment d'una pintura de Caspar David Friedrich, *Paisatge amb tomba, taüt i l'òliba.*

Primera edició dins «El Cangur»: juny de 1996.

Provença 278, 08008-Barcelona.

Imprès a Hurope s.l., Recared 2, 08005-Barcelona.
Dipòsit legal: B. 22.657-1996.
ISBN: B. 84-297-4156-9.

# INTRODUCCIÓ A *CEMENTIRI DE SINERA*

## Arenys de Mar, poble mític

Salvador Espriu, un autor ja consagrat en prosa, publica el seu primer llibre de poesia, **Cementiri de Sinera**, el 1946, quan tenia 33 anys. En aquesta obra apareix per primera vegada Sinera, el poble mític d'Espriu, inspirat en Arenys de Mar, i que esdevindrà un dels punts de referència cabdals de la seva literatura.

El mot Sinera és Arenys escrit al revés, substituint la «y» per la «i»: «amb la y grega m'hauria semblat un nom pedant, massa hel·lenitzant i així queda més llatí», deia Espriu al 1977. No deixa de ser curiós que Sinera, com a malnom d'Arenys de Mar, ja havia estat utilitzat a finals del segle XIX, en poemes satírics a «El Cruzero», un periòdic polític en castellà que apareixia a la veïna vila de Canet de Mar, segons ha constatat l'escriptor canetenc Xavier Mas i Gibert. Probablement Espriu no en tingué mai cap constància.

L'obra de Salvador Espriu, en molts punts hermètica i difícil, és un reflex de la seva vida. Un repàs a alguns aspectes biogràfics de l'autor ens ajudarà a comprendre-la millor.

## Arenyenc pels quatre costats

D'entrada, se'ns planteja una qüestió: Salvador Espriu havia nascut a Santa Coloma de Farners i va viure tota la seva vida a Barcelona. Per què, doncs, Arenys ha incidit tant en la seva creació literària?

En primer lloc, hi tenia les arrels familiars:

**«Tots els meus modestos però en definitiva honrats llinatges, excepte un, el dels Albosa, provenen de Santa Maria d'Arenys de Mar.»**

Alguns d'aquests avantpassats destacaren en l'època esplendorosa de la navegació i del comerç amb Amèrica dels segles XVIII i XIX. Arenys n'era un dels principals centres.

Pel cantó patern, Espriu era descendent directe dels Torres, una nissaga de navegants arenyencs, iniciada al darrer terç del segle XVIII, que comerciaren amb Rússia i amb Ultramar i que, a París, tingueren tractes amb els famosos banquers Rothschild.

Per una altra branca, el pare d'Espriu era nebot-nét de l'eclesiàstic Jaume Català (1835-1899), que va ser bisbe de Cadis i després de Barcelona, home de temperament conciliador, molt respectat pels liberals de la seva època.

Per part de mare, l'escriptor era besnét del capità Esteve Molas, que passà un bon tros de la seva vida navegant a Cuba i Puerto Rico.

Els pares de l'escriptor també eren fills d'Arenys. Tot i que no hi residien, ja que la professió de notari del pare els obligava a viure en altres localitats, hi mantenien una relació molt estreta. A més, hi estiuejaven, en una mansió senyorial heretada del bisbe Català, situada al carrer de la Perera de la vila.

Encara que els Espriu-Castelló eren una família benestant, els seus cinc fills es relacionaven amb la canalla del carrer. Amb els Rogés, dos vailets fills d'un ferrer de tall que vivien a la casa del costat, anaven moltes tardes a la platja i a jugar pels marges i torrenteres dels voltants del Mal Temps, un turó que fa de teló de fons del carrer de la Perera.

A través dels jocs d'infant, Salvador, un nen belluguet i entremaliat, s'emborratxà del paisatge dels entorns d'Arenys i el va incorporar després a la llegenda de Sinera.

## Un paisatge meravellós

Espriu equiparava el paisatge de la zona d'Arenys als més bells que havia vist a Grècia o a Itàlia. Està format per pujols, suaument arrodonits, que des de la carena costerocatalana van baixant esglaonadament cap a mar, enllaçats entre ells. En arribar al litoral, cauen a pic damunt la platja.

A la primera meitat de la nostra centúria, eren coberts de vinyes, alzinars, pinedes i garrofers. Per marges i barrancades, hi creixien atzavares i figueres de moro. Al cim d'alguns turons, es drecen encara les «torres de guaita», fortificacions que servien de talaia i de defensa contra les incursions dels pirates del nord d'Àfrica, que encara es produïen a finals del segle XVIII.

**«He corregut tota la tarda pels turons plantats de vinya, pels pins que dominen el mar (...). És un paisatge sense boira, de sol baix, de pujols assardanats que es van perdent en la llunyania. De tant en tant, torres de guaita i atzavares atansen a la memòria esborrades ombres de pirates d'Alger.»**

Prop dels nuclis urbans, hi ha hortes, amb masies d'estil colonial, que tenen una palmera i un ampli safareig, voltades d'arbres fruiters.

## Pols de rials

En alguns indrets, uns petits rius secs, amb el llit de sorra granítica, baixen perpendiculars al mar. Són les rieres i serveixen de desguàs de l'aigua de la pluja de les regions muntanyenques i de canals d'arrossegament de materials de descomposició cap a la costa.

En acostar-se al litoral, les rieres s'eixamplen —algunes fan més de 50 metres— i formen petites valls, encaixonades entre turons, en algunes de les quals s'hi han assentat els pobles: Arenys de Mar, Arenys d'Amunt, Caldes d'Estrac, Canet, Sant Pol.

Per entre els pujols, hi discorre un entramat de petites rieres —els rials— que fa de xarxa de drenatge dels turons cap a la riera.

El rial, un dels elements més genuïns de l'orografia de la comarca d'Arenys, apareix molt sovint a la literatura espriuana. Neix al cor dels pujols en forma de torrentera i de seguida, amb una amplada que no supera els cinc metres, avança ensotat entre dos marges, plens d'herbes aromàtiques, entre les quals sobresurt el fonoll, que, segons deia Espriu, hauria de ser declarat l'herba típica de la contrada.

> **«Pels rials baixa el carro**
> **del sol, des de carenes**
> **de fonollars i vinyes**
> **que jo sempre recordo.»** (*Cementiri de Sinera*, I)

Un altre dels arbustos freqüents als flancs dels rials és l'aloc. Els boscos d'alzines, anomenats alzinars o auledes, en ser travessats pels rials, formen autèntics túnels vegetals en enllaçar-se per damunt dels marges les branques d'una i altra banda.

> **«Aloc, els boixos,**
> **a l'ombra de l'auleda.»** (*Cementiri*, XII)

A mesura que s'acosten a les zones planes de prop del litoral, els rials fan camí a llargs trams rectilinis, amb els marges coronats de canyes que s'ajunten per damunt i fan galeries de volta semicircular.

**«L'oreig passa per l'enreixat dels canyars i s'ajeu damunt el fonoll i els alocs.»** (*Ariadna al laberint grotesc*)

Prop dels nuclis urbans, els marges de sorra són substituïts per les parets i tàpies de les hortes de fora vila.

**«Pols de rial, parets de vinyes i hortes, les hortes rialleres de la costa, florides com un jardí.»** (*Laia*, II)

Fins a principis dels seixanta, els rials eren molt transitats pels carros i tartanes dels pagesos, i tenien el llit marcat per dos profunds solcs, produïts per les roderes.

**«Venia encara rost amunt una tartana**
**i em puja l'aire i la claror del mar.»**
(*Llibre de Sinera*, XXIII)

El record dels carruatges transitant pels rials té un fort poder d'evocació per al poeta.

**«...Com sento**
**rodar velles tartanes**
**pels rials de Sinera.»** (*Cementiri*, IV)

Amb la pluja i sobretot a les grans tamborinades d'estiu, rieres i rials es converteixen en avingudes torrencials d'aigua que arrossega amb virulència tot el que troba al seu pas. La riera d'Arenys és especialment turbulenta i s'ha emportat diverses vides.

**«Quan la desbocada força dels cavalls**
**de l'aiguat de sobte baixa pels rials,**
**he mirat aquesta terra,**
**he mirat aquesta terra.»** (*Llibre de Sinera*)

## L'infant i la mort

En aquest marc paisatgístic, Espriu era un nen feliç fins que va ser tocat de prop per la mort. Quan tenia nou anys, ell i els seus quatre germans varen agafar un xarampió, una malaltia que deixa sense defenses. D'entrada, tots se'n van sortir bé, però al cap de poc a Salvador se li va declarar una infecció purulenta al pulmó i va estar a punt de morir. Després d'una operació molt delicada, hagué de fer tres anys de llit per curar-se del tot.

Al mateix temps, la seva germana M. Isabel va contreure una corea i va morir als set anys, el 1924.

Dos anys després, a Francesc, el germà gran, se li produeix una infecció a la sang a causa d'una fístula i mor al cap d'un mes, als catorze anys. També per aquelles dates morí de càncer una tia de Salvador, jove i soltera, germana de la mare.

Aquestes morts van afectar molt Espriu, encara que ell i els seus germans supervivents van ser tractats amb molta sol·licitud pels pares. Això ajudaria a explicar l'obsessió que tingué el poeta per la mort al llarg de la seva vida i que es manifesta clarament a **Cementiri de Sinera**.

## Un nen prodigi

Amb una intel·ligència superior a la normal, Espriu es va fer un tip de llegir durant els tres anys que va estar malalt. Moltes de les seves lectures —la Bíblia, el *Quixot*, Shakespeare—, impròpies d'un nen de la seva edat, li van donar una vastíssima cultura i li desvetllaren la passió per escriure. Als 16 anys, va publicar el seu primer llibre, **Israel**, escrit en castellà, en una edició pagada pel seu pare.

El 1930 entra a la Universitat de Barcelona i hi segueix les carreres de Dret i de Filosofia i Lletres, en les especialitats d'Història Antiga i Lletres Clàssiques. Espriu és un alumne brillant, respectat i alhora temut pels seus professors.

Una tercera part dels companys de curs d'Espriu conrea la poesia. Destaquen Joan Vinyoli, Josep M. Boix i Selva, Ignasi Agustí i Bartomeu Rosselló-Pòrcel. Aviat es fan tertúlies literàries en una aula de la facultat. Espriu n'és el centre.

Amb Rosselló-Pòrcel inicien una profunda amistat. Espriu li fa de germà gran i de conseller, en especial pel que fa al català. Tots dos amics es passen hores i hores parlant de tot, fonamentalment de literatura.

Els anys universitaris van ser els més feliços de la vida de Salvador Espriu. Era un xicot alegre, divertit, molt rialler, admirat per les noies. Segons alguns dels seus condeixebles, mai ningú els havia fet riure tant. A més, començava a ser un escriptor reconegut.

## Antecedents literaris de Sinera

El 1931, als 18 anys, publica la seva primera obra en català, **El Doctor Rip**, una novel·la escrita en monòleg interior, en la qual un metge s'autodiagnostica un càncer i se suïcida. **El Doctor Rip**, una narració dura i descarnada, va trencar motlles en el marc de la novel·la amable, civilitzada, sense truculències, que llavors s'estilava.

En aquesta línia de duresa, l'any següent publica una altra novel·la, **Laia**, ambientada en un poble mariner del segle XIX, carregada de tintes negres, però tenyida de poesia. Per bé que amb diverses deformacions, **Laia** està inspirada bàsicament en la geografia, la història i les tradicions d'Arenys de Mar. No obstant això, el poble de **Laia** encara no ha pres la categoria de mite i no és anomenat mai Sinera.

Diferents relats d'**Aspectes** (1934) i d'**Ariadna al laberint grotesc** (1935) també tenen Arenys de Mar com a substracte i alguns són desenvolupaments de temes ja encetats a **Laia**. Com a divertiment, Espriu va escriure **La revolta dels sants**, una peça teatral molt divertida que transcorria en el retaule barroc de la parròquia d'Arenys, atapeït d'imatges. No s'arribà a editar mai i va ser destruïda a la mort d'Espriu per encàrrec exprés de l'escriptor.

En totes aquestes obres, Arenys de Mar no passa de ser una pedrera d'on l'autor extreu els materials per a la seva creació literària; mai té cap sentit en si mateix ni esdevé símbol de res.

## Projectes engrescadors

Les obres esmentades més **Miratge a Citerea** (1935) constituïen el sòlid bagatge del jove Espriu, a qui la crítica veia com una gran promesa de les lletres catalanes.

D'altra banda, el 1935 havia acabat la carrera de Dret, i el juny de 1936 s'havia llicenciat en Història Antiga, amb unes qualificacions excel·lents.

A més, recolzat pels seus professors, era el primer alumne d'Espanya que havia obtingut la beca Conde de Cartagena per estudiar egiptologia, una matèria per la qual sentia autèntica passió. Per tots els indicis semblava destinat a ser un catedràtic erudit i un escriptor de primera fila.

Per un altre cantó, republicà i catalanista convençut com era, havia vist amb molt bons ulls l'adveniment de la República i, a pesar de les diverses vicissituds, la recuperació de la llengua i de les institucions de Catalunya, a través de l'Estatut i de la Generalitat. Com els seus companys i professors, s'havia engrescat en la creació de la Universitat Autònoma i com ells creia que s'estava en bon camí per a la construcció de l'«edifici definitiu» de la cultura i de les llibertats del país.

## Com gossos rabiosos

La guerra civil va sumir Espriu en un gran desconcert. Una persona amiga de l'ordre i del diàleg com ell no podia entendre de cap manera la confrontació armada a què varen dur els extremismes d'una i altra banda. Si bé estava en desacord amb l'alçament de Franco, tampoc podia admetre el descontrol i els assassinats que es produïren en la zona republicana. Per això, no es va sentir mai identificat amb cap dels dos bàndols. «**Ens vam portar tots com a porcs i gossos rabiosos. Tots, sense distinció de colors**», deia l'any 1976.

Durant tota la guerra, l'escriptor va ser partidari d'un pacte entre els franquistes i la República, que menés a la reconciliació de les parts bel·ligerants.

Aquests plantejaments el van enfrontar amb el seu íntim amic, Rosselló-Pòrcel. Rosselló era comunista convençut i desitjava que guanyessin els del seu cantó i que es «fes neteja» de l'adversari. Els dos amics s'allunyaren i, quan Rosselló va morir gairebé inesperadament, el gener de 1938, feia més de set mesos que no es veien.

Espriu va sentir molt la seva mort. «**Ningú no l'ha conegut potser tant com jo. Pocs l'hauran estimat més**», escrivia a Marià Manent només vuit dies després del traspàs de l'amic.

Malgrat el distanciament, Rosselló va dedicar a Salvador Espriu el seu llibre pòstum, **Imitació del foc**, amb gran sorpresa per part d'aquest.

En acabar la guerra, Espriu estava desolat: «**M'avergonyia tant de ser home, que M'hagués agradat ser un pacífic gos.**» L'estat de convivència que ell havia somiat havia estat aniquilat per la intolerància. Es trobava estrany a la pròpia terra. La confrontació havia produït la seva mort com a ciutadà: «**Salom** (pseudònim d'Espriu a la seva obra) **va ser simultàniament assassinat pels dos bàndols en pugna quan tot just encetàvem la passada guerra civil.**» (Aproximació tal vegada el·líptica a l'art de Pla Narbona.)

Aquests darrers versos del poema «Viatge d'hivern» de **Les hores** reflecteixen l'estat d'ànim de l'autor en aquells moments.

> **«No sé l'indret de l'illa**
> **de l'esperança: només,**
> **que sang que no he vessat**
> **m'ha destruït el món.»**

## Una generació escapçada

Amb la implantació de la dictadura franquista, que va prohibir les institucions catalanes i qualsevol manifestació pública de la llengua, totes les il·lusions de redreçament del país s'enfonsaren. El català, reduït a un vergonyant ús privat, semblava condemnat a desaparèixer a molt curt termini. Catalunya es diluiria en aquella «*unidad de destino en lo universal*» que havia de ser Espanya per als nous dirigents de l'Estat.

La generació literària d'Espriu, aquells joves lletraferits que en esclatar la guerra tenien de 20 a 25 anys, i que estaven en ple aprenentatge de la vida i de la literatura, va quedar profundament marcada per la confrontació.

Units al començament per idees estètiques, es troben ara del tot enfrontats. Uns fugen a l'exili, d'altres pacten amb el nou règim i uns tercers —és el cas d'Espriu— es queden immergits en una anodina grisor, en un «exili interior».

La seva producció literària presenta, però, uns trets comuns: duresa en els plantejaments, visió càustica i amarga del món. Se'ls ha designat com la «generació del 36» o bé «la generació escapçada». A més d'Espriu en formen part: Joan Vinyoli, Rosa Leveroni, Ignasi Agustí, Joan Teixidor, Bartomeu Rosselló-Pòrcel, Jaume Vicens i Vives, J. M. Boix i Selva, Gafim, Pere Calders, Lluís Ferran de Pol, Màrius Torres, Joan Sales...

## «Darrere aquesta porta visc...»

La vida privada de l'escriptor també es va veure capgirada del tot. En primer lloc, ja no es va poder presentar a la llicenciatura de Lletres Clàssiques, que el juny de 1936 havia deixat per al setembre. Tampoc va poder seguir els estudis d'egiptologia de la beca Conde de Cartagena.

Acabada la guerra, l'escriptor abandona tota esperança de dedicar-se a la docència i a la investigació, i més en una universitat com la d'aleshores, marcada completament per les directrius del franquisme, i que Espriu no considerava seva.

Com que el seu pare està molt malalt del cor i quasi no hi veu, Espriu es posa a treballar a la notaria i porta tot el pes del despatx. L'abril de 1940 mor el notari Espriu i l'escriptor es fa càrrec de la família. Cal assegurar uns ingressos econòmics estables en aquella època de penúria. Per això, Espriu pacta amb el darrer notari arribat a Barcelona, Antoni Gual Ubach, i aconsegueix mantenir per a la nova notaria la major part dels clients del seu pare. Ell mateix i tres empleats del despatx patern passen a formar part de la plantilla del senyor Gual.

La notaria Gual era rònega i polsegosa. En un despatx fosc, Espriu passava inacabables hores copiant escriptures amb la seva lletra pulcra. «**Així varen passar vint anys, que han estat els més durs i els més amargs de la meva vida per moltes i variades raons. Em dedicava a una feina que no m'agradava i que no em deixava cap mena de lleure**», deia al periodista Joan Vidal i Gaiolà, el 1966.

A més, Espriu i el notari eren d'una sensibilitat molt diferent i no s'avenien gens. El conte autobiogràfic **Sota la fredor parada d'aquests ulls**, en el qual Espriu s'amaga sota el protagonista, Càndid, ens pot donar una idea de les relacions que mantenia amb el seu cap. Per exemple, el notari, «**en una ocasió, obrí d'una revolada la porta de la cambra on maldaven els seus dependents —amb una força tan innecessària com barroera, que cuidà arrancar-li els golfos— i vociferà dirigint-se a l'indret de Càndid: "Daixòs, porti'm el dallòs!" La refinada estupidesa d'en Daixòs l'havia, però, alambinadament entès i li lliurà el dallòs sense preguntes**».

La brillant promesa de les lletres catalanes s'havia convertit en un gris oficinista.

### «He donat la meva vida a les paraules...»

Malgrat tot, Espriu encara sent una apassionada atracció per la literatura i hi dedica les poques estones lliures. A més, enmig de les desercions lingüístiques de molts literats catalans, fa una opció fonamental: es manté fidel a la llengua del país, ell que dominava el castellà a la perfecció.

Aquesta tria representava aleshores la renúncia a qualsevol reconeixement literari i comportava un seguit de perills. Tot i el seu visceral pessimisme, Espriu pretén «salvar els mots», la llengua proscrita, i transmetre-la intacta a unes hipotètiques futures generacions. Així doncs, es consagra a aquesta tasca com a un sacerdoci i en fa sentit de la seva existència.

Fins llavors només havia publicat en prosa, per bé que ja havia escrit un nombre considerable de poemes, que romanien inèdits. Ara es decanta per la poesia per diverses raons: és un gènere més sintètic i que no vol tanta dedicació com la narrativa, és més fàcil de publicar i no està sotmès tan de prop a la rigorosa censura franquista. Pateix insomni i moltes nits, al llit, elabora els poemes i els transcriu l'endemà de memòria.

Així, doncs, entre març de 1944 i maig de 1945 escriu **Cementiri de Sinera** que, després de moltes vacil·lacions, és publicat en edició clandestina per Joan Triadú i Josep Palau i Fabra, el 1946. Els pocs crítics interessats llavors per la cultura del país ja veuen en el nou llibre una obra fonamental de la poesia catalana contemporània.

I passem ara a comentar els dos elements del títol: cementiri i Sinera.

### Cementiri

Arenys de Mar es troba encaixonat entre dos turons, tots dos emblemàtics en l'obra d'Espriu: a llevant, el Mal Temps, i a ponent, la Pietat, on hi ha el cementiri.

**«El poble s'estenia entre dos turons, l'un gairebé pelat, amb garrofers, fonoll i atzavares. A l'altre, el cementiri, amb quatre rengles de xiprers.»** (*El Doctor Rip*)

Abans de ser mutilada per la carretera nacional i per la via del tren, la serra de la Pietat, de forma aplanada i que es precipitava al mar en pendent corbat, semblava una barca tombada de cap per avall. Al damunt, a tall de quilla, s'alça el cementiri.

Encerclat per una paret, està format per tres replans, esglaonats en sentit ascendent. Els dos primers, envoltats de nínxols, tenen al mig uns amplis parterres, emmmarcats per xiprers, on s'hi inhumaven els difunts pobres.

**«Sense cap nom ni símbol,**
**ran dels xiprers, dessota**
**un poc de pols sorrenca,**
**endurida de pluges.»** (*Cementiri*, III)

Una avinguda de xiprers vertebra aquestes dues esplanades i desemboca, en bella perspectiva, damunt el mar.

**«Passejaré per l'ordre**
**de verds xiprers immòbils**
**damunt la mar en calma.»** (*Cementiri*, I)

Al tercer replà, s'hi alcen les tombes i panteons de les famílies acomodades. Pinacles de capelles modernistes, estàtues de Josep Llimona, de Venanci Vallmitjana i d'escultors i forjadors de bon ofici, ens duen evocacions de navegants, d'*americanos*, d'aristòcrates, de fabricants, d'una vila de passat gloriós.

Fins als anys seixanta el cementiri estava rodejat de vinyes. Només un camí de xiprers l'enllaçava amb la població. El teló de fons de les seves avingudes eren únicament el cel i el mar. El tercer replà, encarat a muntanya, està presidit des de lluny pels «tres turons», promontoris elevats de la carena costera, el més occidental dels quals s'anomena el Montalt i ha donat nom al poble de Sant Vicenç de Montalt.

La situació privilegiada del recinte, els arbres, les flors, la distribució dels parterres, donen al cementiri d'Arenys un accentuat aire de jardí. Un dels aspectes agradables d'aquest verger era, en altres èpoques, el silenci i la quietud que hi regnaven, trencats només per la piuladissa dels ocells i, de vegades, pel xiulet llunyà del tren.

**«...Contemplo**
**serens xiprers a l'ample**
**jardí del meu silenci.»** (*Cementiri*, VIII)

En les estades que feia Espriu a Arenys als anys quaranta, hi pujava sovint. «Hi havia passejat molt perquè el cementiri està col·locat en un lloc esplèndid, meravellós... i m'havia suggerit moltes coses, concretament un llibre que es diu **Cementiri de Sinera**. M'agradava molt passejar per la seva avinguda de xiprers...»

Per al poeta, a més, el cementiri tenia unes connotacions especials. Allí hi eren enterrats la major part dels seus avantpassats, molts dels seus coneguts i el seu pare i els seus dos germans.

## Sinera

Espriu va ser un gran creador de mites. A **Ariadna al laberint grotesc** ja havia donat cos a dos mites geogràfics: **Lavínia**, transposició de Barcelona i, a voltes, de Catalunya, i **Konilòsia**, transposició d'Espanya.

Tots dos mites tenien un aire èpic i civil. Eren el marc que utilitzava l'escriptor per abocar les seves crítiques de caire polític i ciutadà. Mai les seves inquietuds íntimes i personals.

D'altra banda, aquests mites tenien unes connotacions iròniques i fins i tot sarcàstiques. Sobretot Konilòsia, que, segons Espriu, volia dir terra de conills, presentava una accentuada vessant grotesca. Eren les crítiques despietades que llançava a la societat un jove triomfador lúcid.

Per contra, el mite de Sinera té unes manifestes dimensions líriques i personals. El panorama anímic de l'autor ha donat un gir de 180 graus. És un perdedor i està a les portes de la maduresa. El seu món íntim, la seva col·lectivitat, han naufragat.

En recórrer el paisatge d'Arenys, el marc on va ser feliç de petit, vénen a la memòria del poeta els records dels temps daurats de la infantesa, quan encara no s'havia posat malalt, i els evoca amb profunda nostàlgia. Aquest Arenys del passat, vist a través del cristall de l'elegia, es converteix en el símbol del paradís perdut, de la pàtria perduda, tant en l'àmbit personal com col·lectiu, i entra així en la dimensió de mite. Aquest poble construït, a partir d'un Arenys idealitzat, amb records, somnis i desitjos, és Sinera.

Sinera és atemporal. No és només el passat esplendorós, sinó també el present, quan ja ha esdevingut el naufragi personal del poeta i el del seu país... És, per tant, un poble, una pàtria, sense futur.

Temps després el poeta va incorporar dos nous mites: **Alfaranja** (Catalunya) i **Sepharad** (tota la Península Ibèrica, amb Portugal inclòs).

## Les filles de cançó

**Cementiri de Sinera** ve encapçalat per una frase de l'Eclesiastès, un dels llibres més durs i descarnats de la Bíblia. Des de petit, Espriu era un gran lector dels textos sagrats. Els considerava la millor obra que havia escrit la Humanitat i havia dit: «Mirin, després de la Bíblia no ve res, i després res, i després res, i després, a molta distància, el *Quixot* i Shakespeare...»

L'Eclesiastès era el seu llibre preferit. Es tracta d'un conjunt de màximes i reflexions sobre la vida i el temps, que ve a dir en suma que tot és vanitat de vanitats, i que l'home faci el que faci, sigui bo o dolent, sigui savi o sigui neci, no té altre destí que la mort, i que amb el pas dels anys no quedarà ni tan sols rastre del seu record.

«El meu fons de pensament és el de l'Eclesiastès... No es pot demanar cap altra cosa davant la realitat tan desolada del món on vivim», manifestava Espriu el 1965.

Fent-se ressò d'aquest esperit a **Cementiri de Sinera** cita un fragment del capítol 12 que diu: «**I totes les filles de cançó seran humiliades.**» Per J. M. Castellet, les filles de cançó s'han d'identificar amb la mateixa cançó, la poesia, i, per extensió, amb la llengua en què és escrita, el català, humiliat i condemnat a morir.

## Economia poètica

**Cementiri de Sinera** consta de trenta unitats poètiques, numerades amb xifres romanes, que estan interrelacionades entre elles i formen un tot unitari.

Aquests poemes són curts —de 5 a 21 versos—, estan escrits en primera persona, i la major part són hexasíl·labs femenins, o sigui que la darrera paraula de cada vers és plana. Tret de poques excepcions, no hi ha rima.

El llenguatge és auster, precís, senzill i construït amb sintaxi lògica. Això no vol pas dir que sigui fàcil d'entendre. Espriu feia una poesia hermètica, tancada en ella mateixa, sense concessions al lector.

A més, buscava l'economia de mots, el mínim de paraules que calien per expressar un concepte. En els seus versos, ni un mot és superflu, ni una coma és gratuïta.

D'altra banda, la poesia espriuana admet diverses lectures. A mesura que anem aprofundint, observem que es descompon en diferents capes concèntriques que van depassant el sentit literal. Tot plegat contribueix al fet que la poesia d'Espriu sigui molt densa.

Cal també tenir en compte que el sentit global d'un

poema no ve donat tan sols pel que s'expressa en ell mateix, sinó també per la seva relació amb d'altres poemes i per la seva posició en la totalitat de l'obra.

Aquesta complexitat no significa de cap manera que la producció de l'autor sigui inintel·ligible. Utilitzant diverses claus, algunes ben senzilles, es pot arribar a nivells prou elevats de comprensió i a gaudir-ne de la bellesa.

## Esquema general

Segons Josep M. Castellet, **Cementiri de Sinera** està estructurada en tres grans parts.

A la primera (poemes I-VII), el poeta recorre el paisatge dels voltants de Sinera, presidit pel cementiri, passeja per una Sinera deserta i silenciosa i puja després cap el cementiri.

A la segona part (poemes VIII-XXV), el poeta es troba ja dins el recinte del cementiri. Allí ve la pluja i, més tard, el vent que l'escampa (poemes VIII-XI). Després el jo líric contempla el pas de les hores del dia (poemes XII-XVI), de les quatre estacions (poemes XVIII-XXI) i s'endinsa en meditacions sobre la seva vida actual i el seu trist destí.

La tercera part (poemes XXVI-XXX) és expressada des de l'interior de la tomba, després de la mort simbòlica del poeta.

## Algunes claus

Com observa Castellet, a **Cementiri de Sinera** ja s'hi apunten diferents temes que esdevindran recurrents en l'obra espriuana: el pas del temps, el record, la mort, Déu, la pàtria. També hi ha un seguit de mots que es repeteixen sovint i que després aniran apareixent constantment en les obres posteriors. Són paraules senzilles, que acostumen a referir-se a elements primaris de la naturalesa i de l'home: mar, sorra, rials, vent, núvols, pluja, boira, xiprers, casa, barca...

Sens dubte, molts d'aquests termes són símbols o bé s'aniran configurant com a tals al llarg de la producció espriuana. A **Cementiri de Sinera** no sempre volen dir el mateix i el seu significat varia segons el context.

Hi ha, però, uns termes de significació força unívoca. Entre els més destacats, llum i fosca. Es pot dir que la poesia d'Espriu es resol en una constant dialèctica entre aquests dos principis. La llum acostuma a representar la vida, la bellesa, la felicitat, la perdurabilitat. Dins el concepte de llum, l'autor incideix especialment en la «claror d'abril». A les nostres latituds, la llum primaveral és diàfana, però suau, càlida, i té en Espriu unes connotacions de joventut, esclat de vida, alegria, temps millors.

La foscor, l'extinció de la claror d'abril, és un equivalent de temps dolents, de decrepitud, de mort.

Xiprer equival a cementiri i, per extensió, a mort. Camí, viatge, són símbols de trajectòria vital, de l'aventura humana. El mar, el cel, expressen l'infinit, l'eternitat.

Per a un millor aprofundiment del text, passem ara a donar unes línies bàsiques interpretatives, en el benentès que el que pretén la poesia és produir lliures sensacions en el lector, suggeriments, fer-li vibrar misterioses cordes del subconscient. Mai pot ser reduïda a una interpretació unilateral, tancada, científica, que encotilli els innombrables camins de l'esperit.

Els significats que es donen tot seguit, alguns probablement desencertats, siguin abans que tot un inici de reflexió i de discussió.

## PRIMERA PART: L'ASCENSIÓ AL CEMENTIRI (poemes I-VII)

### El paisatge de Sinera

El poema I ve a ser una síntesi de tot el llibre i s'hi poden destriar dues parts. La primera és la descripció de la sortida del sol en el clàssic paisatge de Sinera.

**«Pels rials baixa el carro**
**del sol, des de carenes**
**de fonollars i vinyes**
**que jo sempre recordo.»**

En tan pocs versos queden recollits els trets fonamentals del paisatge: els orogràfics (rials, carenes); els vegetals (fonollars, vinyes); els humans (carro).

L'ambient és exultant, lluminós —la sortida del sol— i hi ha moviment —el rodar del carro. El sol és comparat a un modest carreter de Sinera, però també ofereix unes clares connotacions mítiques, al·lusives a Febus, conduint pel firmament la rutilant carrossa del sol. Tot ens fa pensar en la VIDA.

Està escrit en present, però amb una referència al record, per tant engloba també el passat. A més, aquest record és obsessiu: **«sempre» recordo**. És un indici de la constant mirada del poeta vers un passat millor.

La segona part és del tot diferent. D'entrada acaba de descriure el paisatge: la mar, el cementiri.

**«Passejaré per l'ordre**
**de verds xiprers immòbils**
**damunt la mar en calma.»**

L'ambient dinàmic de la primera part es transforma aquí en quietud: **«xiprers immòbils»**, **«mar en calma»**. El verb és ara el futur: **«passejaré»**. En una primera lectura es tracta d'un futur immediat: el poeta anirà a fer una passejada pel cementiri.

A un segon nivell el cementiri és la mort, i el mar, l'eternitat. El jo líric ens està parlant del seu destí últim: la mort. La segona part del poema està, doncs, presidida per la MORT.

En set versos Espriu fa la síntesi del que serà el llibre: partint d'un passat lluminós, la vida del poeta és ara un passeig cap a la mort, la seva única fita.

El poema II és un desenrotllament de la primera part del I. Se'ns acaba de descriure el paisatge: «**Sinera**», «**turons de pins i vinya**», «**pols de rials**». El jo líric ens explicita després els tres únics plaers que li són permesos en la vida actual: la contemplació del paisatge —«**no estimo res més**»—; el gaudi de l'instant fugisser —«**l'ombra viatgera d'un núvol**»— i l'evocació de temps millors —«**el lent record dels dies/ que són passats per sempre**».

## L'entrada al regne dels morts

El poema III complementa la segona part del I. L'autor ens manifesta com voldria ingressar materialment en el món dels difunts. A diferència dels egipcis, que eren embalsamats per tal de reeixir en el difícil periple pel regne de la Mort, el poeta presenta dues opcions. Una és ser inhumat en els parterres dels pobres.

> **«Sense cap nom ni símbol**
> **ran dels xiprers, dessota**
> **un poc de pols sorrenca,**
> **endurida de pluges.»**

Aquí es fa ressò de l'Eclesiastès (3,20), que es refereix al destí comú dels homes i les bèsties:

> **«Els uns i les altres van al mateix lloc; tots han sortit de la mateixa pols i tots tornen a la pols.»**

La segona alternativa és ser incinerat. Espriu va manifestar diverses vegades la intenció que la seva despulla fos cremada. Així, en referir-se a Salom (el seu *alter ego* literari) diu:

**«I tanmateix voldria que ell i la mortalla paressin bitllo-bitllo al foc purificador.»** («Tarot per a algun titella del teatre d'Alfaranja»)

Així mateix ho expressa a **Cementiri de Sinera**:

**«O que l'oratge escampi**
**la cendra per les barques**
**i els solcs dibuixadíssims**
**i la llum de Sinera.»**

Aquest desig de diluir-se en la «**llum de Sinera**», agafada en el sentit de vida, de felicitat, d'eternitat, podria indicar les ànsies de perduració de l'esperit més enllà de la mort.

La llum de Sinera evoca tot seguit al poeta la «**claror d'abril, de pàtria**» —els temps feliços—, que ara s'ha convertit en llum crepuscular, que no tindrà albada. Aquesta pàtria —el món íntim de l'escriptor, Sinera, el país— mor amb el poeta perquè cap d'ells no té futur.

## L'enigma de la rosa

A IV l'autor mira el seu passat i només hi veu temps perdut, tant en el sentit de dies desaprofitats, com de bons instants que no tornaran, representats per clars estius, pel rodar de tartanes pels rials.

No es resigna a aquesta pèrdua i té una actitud de revolta: és l'«**oratge**» i el «**foc**» als llavis, en una clara reminiscència de la poesia de Joan Salvat-Papasseit. El crit de protesta es torna, però, «**paraules esdevingudes cendra**». Ens diu també:

**«...Perdura**
**en els meus dits la rosa**
**que vaig collir.»**

Anys després, a **El caminant i el mur** (1954) tornarà a parlar d'aquesta misteriosa rosa:

> **«Solitari, en la pau**
> **del jardí dels cinc arbres,**
> **he collit ja el meu temps,**
> **la rara rosa blanca.»** («Cançó del matí encalmat»)

És difícil d'interpretar el significat de la rosa: la joventut, l'amor, la il·lusió, la felicitat? Hi ha en aquests versos ressonàncies d'un poema d'**Imitació del foc** del seu amic Rosselló-Pòrcel:

> **«Indecisa, rara, nova,**
> **ara comença la rosa.»**

## Pels portals de Sinera

El poeta, que havia conegut temps millors, s'ha tornat un captaire (poema V) i recorre ara els carrers de Sinera mendicant engrunes d'aquella antiga felicitat. És inútil. Res ni ningú li pot donar el que busca. Fins i tot li és negat el record d'aquells temps. L'ésser humà i les seves vivències desapareixeran sense deixar record. És manifest en aquest passatge l'esperit de l'Eclesiastès:

> **«No hi ha memòria del que s'esdevingué, ni hi haurà record del que succeirà en els que vindran després.»**

Només la mort pot donar al poeta el que necessita:

**«...M'esperen**
**tan sols, per fer-me almoina,**
**fidels xiprers verdíssims.»**

Vénen a continuació dos retrats de Sinera des del prisma de dues estacions: hivern (VI) i estiu (VII).

La vida del poeta ha esdevingut un camí per l'hivern sota les immenses voltes de la teranyina subtil del temps —«**les aranyes filaven palaus de rei**». Sinera s'ha convertit en un món mort, gelat, amb un glaç que el sol no pot fondre. És un món tancat en ell mateix, amb tots els camins de sortida tallats, per terra i per mar. No en poden sortir ni carros ni barques. L'únic camí no tallat és el del cementiri: «**Avanço per rengleres de xiprers.**»

A VII, la vinguda de l'estiu és al·legoritzada per la festa major d'Arenys, que se celebra el 9 de juliol. El patró, sant Zenon, un tribú romà màrtir, era passejat en processó a darrera hora de la tarda. La imatge del sant, que era de plata, portava a la mà un penjoll de raïm tendre, ofrena dels pagesos de la població per tal que protegís les collites.

**«Arriba el raïm tendre**
**portat per dits benèvols**
**del sant màrtir de plata.**
**En processó tremolen**
**llumenetes de ciris...»**

Vistos des del camí del cementiri, els llums dels ciris de la processó recorden al poeta un viàtic. El viàtic és la comunió que es porta als moribunds. Fins als anys seixanta, als pobles el viàtic es portava de manera solemne, i familiars, amics i veïns de l'agonitzant acompanyaven el capellà pels carrers amb ciris. Aquí l'agonitzant és Sinera i els seus records.

## SEGONA PART: DINS EL CLOS DEL CEMENTIRI (poemes VIII-XXV)

### La pluja

Ja en el recinte de la necròpoli, el jo líric contempla com es congria la pluja. S'amunteguen nuvolades a ponent, darrere el Montalt. Espriu personifica el turó, amb un aire de rondalla infantil, com l'**«àvia Muntala»**, i compara els núvols a «puntes de mantellina, fetes per ditets de Sinera».

Arenys tenia des de segles una gran tradició de «puntaires», dones que fan puntes i randes amb el clàssic «coixí». Fins els anys cinquanta era molt corrent veure puntaires treballant al carrer i a les entrades de les cases.

L'ocell que fuig de la tempesta cap a la llum, intentant sobrevolar els núvols en un cel infinit, i els dofins que salten lliures en un mar sense límits donen a l'autor un referent de llibertat, d'eternitat. Contrasten amb ell, que es troba empresonat en el clos del cementiri.

Potser ens ajudaran a comprendre el significat dels dofins aquests versos de Rosselló-Pòrcel:

> «...i un llampeig de dofins
> tremola esclat d'espases i argents sobre l'esclava
> teulada i fa horitzó dels infinits camins.»

La pluja comença a caure (poema IX) i s'acarnissa amb les flors del cementiri. El record del temps en què la pluja els era benigna encara fa més dur el turment de les flors.

Espriu ja havia tractat el tema de les roses destruïdes per la pluja: «Tota la distinció de les roses moria sense resistència al pas de l'aigua. Els avets miraven com era trossejada i s'escruixien de tanta barbàrie.» (**Pluja de maig brodada)**

**La pluja cau des dels fastuosos imperis de la llum —«reialme», «triomf», «escomesa de puntes»—** i va a parar als xiprers. Si a la primera part d'aquest poema la pluja es podia identificar amb el pas del temps, ara sembla que suggereix a l'autor la vida humana.

> **«Els xiprers recollien**
> **claror de cel plorada**
> **en miralls momentanis.»**

L'home, sortit de Déu, de la llum —«**claror de cel plorada**»—, després de brillar uns moments en una vida efímera —«**miralls momentanis**»—, sucumbeix en la mort —«**els xiprers**».

## El vent

A IX, el poeta, com a home i per tant «ordre i mesura de totes les coses», fa regnar —«**conferiré serena autoritat de màgics ceptres**»— els seus morts —«**mans augustes**»— damunt el silenci i rengles de xiprers. Aquest regnat, produït per la màgia de la poesia i tan sols en la ment de l'autor, només es pot portar a terme a través del record dels difunts, l'única manera de donar-los una certa perdurabilitat i sostreure'ls, ni que sigui temporalment, de l'amenaça terrible de l'Eclesiastès:

> **«El mort ja no sap res i ja no espera cap recompensa, i ja s'ha perdut el seu record.»** (9,5)

Arriba llavors el vent i, transformat en guerrer, lluita contra **«l'exèrcit de la pluja»** i la venç. El vent, sacralitzat pels antics com a diversos déus segons la direcció d'on bufa, empeny la tempesta cap a muntanya.

> **«Déus pastors amuntanyen**
> **dòcils ramats de núvols.»**

A un ulterior nivell d'aprofundiment, sembla que el vent s'identifica amb el jo líric, que després de combatre contra el pas del temps i els embats de la vida, simbolitzats per la pluja, es retroba serenament amb ell mateix, en una «**difícil solitud**».

A XI, en un ambient nocturn, la pluja, vençuda pel vent, mor «**oferta mirall d'ella mateixa**», ja que en caure a terra fa bassals, en els quals s'hi emmirallen les gotes que van caient. És òbvia la inspiració d'aquesta imatge en el poema «**Pluja brodada**» de Rosselló-Pòrcel, escrit el 1937.

> **«...Rebota**
> **miralls d'ella mateixa,**
> **perdurable de vidre,**
> **despòtica de pedra.»**

Enmig de la nit, allunyada la pluja, «**llums vacil·lants atrauen/lentes falenes**». Aquestes falenes o papallons nocturns al·ludirien aquí l'home, atret dins la fosca de la vida per incerts destins. La clau ens la dóna el poema «**Psyché**» de **Les hores**, referit clarament a l'ànima humana:

> **«Nua, vençuda**
> **per l'esplendor de l'alba,**
> **la viatgera**
> **plena de crims, inútil**
> **vol vacil·lant, falena.»**

## Les hores del dia (poemes XII-XVI)

L'autor observa des del cementiri com passen les hores del dia, des del matí fins a la nit, i dedica un poema a cada un d'aquests moments. Cal remarcar, però, que la roda de les hores ja ha començat a girar en poemes anteriors: vespre (VII, VIII i IX); nit (X i XI). Queda recalcat així el concepte de temps cíclic d'Espriu, inspirat, entre altres fonts, en l'Eclesiastès, del qual ja parlarem més endavant.

Aquesta sortida de la nit (poema XI) al dia (poema XII) per tornar a la nit (poema XVI) sembla manllevada, segons Josep M. Castellet, de la mitologia egípcia, de la qual Espriu era un bon coneixedor. El déu solar Ra navega pel cel durant el jorn amb la Barca del Dia, des de la qual il·lumina els vivents. Al vespre, canvia la Barca del Dia per la de la Nit i passa a navegar pel món subterrani dels morts. Els difunts, a través de fórmules màgiques i oracions escrites en el **Llibre dels Morts**, podien, al final de la nit, pujar a la Barca del Dia i així gaudir també de la llum de Ra durant el jorn. Es tractava d'una espècie de resurrecció que es repetia cada dia.

***Matí (XII).*** Està enllaçat amb el poema anterior, en el qual el vent s'ha ajagut a dormir damunt la Natura. Ara es lleva i fa moure les fulles. El vent és pres aquí com a esperit, principi vivificador, que recomença cada dia el cicle de la vida.

Les fulles que agita tindrien la significació en aquest passatge de «natura», «món tangible», que tenen en el poema «**Dansa de la mort**» de Rosselló-Pòrcel, en el qual el jove protagonista, en ser cridat per la Mort, exclama:

> **«Només em serà turment**
> **el record de les fulles.»**

Per a Rosselló, les fulles encarnen, segons el crític Josep M. Balaguer, la vida real que la mort ens obliga a abandonar.

***Migdia (XIII).*** Enfront del *dinamisme* del poema anterior, el migdia és un moment de *tranquil·litat*, de serenor, donada pels núvols que reposen damunt del silenci del cementiri.

***Tarda (XIV).*** El poema està embolcallat de *nostàlgia*. Evoca segurament llunyanes tardes de la infantesa de l'autor, passades al pati de la casa pairal d'Arenys, que Espriu mitificà com «el jardí dels cinc arbres».

El jardí real, en els moments silenciosos, està dominat pel soroll monòton d'un doll d'aigua —«**remor de font**»— que per unes roques plenes de molsa va a parar a regalims en un petit safareig. Les **«clares veus allunyades»** poden ser les de tots els qui estimava i són morts (pare, germans, parents, amics).

***Vespre (XV).*** Tot el poema respira *basarda*. Llòbrecs tocs de campana, boires inquietants, obsessius cants de grills, amenacen tots els camins, presos potser aquí com a símbols de les vides humanes.

***Nit (XVI).*** El poeta ha acabat el seu cicle solar i es torna a endinsar en el món de la nit, a l'estada dels morts. Amb tot, els ramats d'estrelles, punts precisos de llum en la tenebra, que passen damunt el cementiri transmeten al jo líric una sensació de placidesa, d'*esperança,* de possible immortalitat.

## Cançó de la Mort (XVII)

La serenor del poema precedent és trencada de sobte, des del cor de la nit, per la presència imminent de la Mort.

> **«Ai, la negra barca**
> **que per mi vigila**
> **des de la nit alta!»**

La «**negra barca**» —la Barca de la Nit de Ra, la barca sagrada amb la qual els egipcis creien que els difunts baixaven a les dotze regions del regne subterrani, la barca de Caront de la nostra mitologia clàssica— és sens dubte símbol de mort.

S'empren en aquest poema dos altres símbols de la Mort: la «**dama**» i la «**cançó de marbre**».

La poesia «**Missatge**» de **Les hores** ens pot ajudar a descobrir la significació de «**la dama**»:

> **«...ve per tu, ve per tu, petit home.**
> **Mira com et volta el triomf dels asfòdels,**
> **mira com avança la dama**
> **sense ulls, la barca del vell solitari.»**

La dama entona la «**cançó de marbre**». El marbre, un element molt utilitzat en la poesia parnassiana i simbolista, és un material dur, fred, perdurable. Presenta, doncs, moltes analogies amb la mort. Al poema «**Port de retorn**» de **Les hores**, Espriu en referir-se a la Mort, «**vell poder vastíssim**», al·ludeix també al marbre:

> **«...on alça**
> **un vell poder vastíssim**
> **hostils fredors de marbre.»**

## Les estacions (poemes XVIII-XXI)

Després del pas de les hores del dia, el poeta presencia el devenir de les estacions en aquest ordre: estiu, tardor, hivern, primavera.

***Estiu (XVIII).*** La barca de la Mort recala en una Sinera deserta, on tots els habitants —«**velles mans**»— són morts —«**reposen sota vells arbres**»—, en un ambient de darreria d'estiu, quan les fulles de les vinyes estan començant a esgrogueir-se —«**foc proper dels pàmpols**».

El jo líric és un mort més, almenys anímicament, ja que per ell la vida no té futur —«**només espero hores passades**».

***Tardor (XIX).*** El vent n'és el protagonista. Actua de sacerdot en l'immens temple del mal temps, arrossegat amb carrosses per cavalls alats que vénen pel cantó de mar —al·lusió als temporals de començos de tardor.

Els «ostiaris», porters de l'església en l'antiga litúrgia cristiana, obren les portes del temple a un misteriós ritu antic: **«la dansa entre el santet i el diable»**, de significació difícil, potser una al·legoria de la dialèctica entre forces del bé i del mal que es dóna en la naturalesa.

A **Les hores**, Espriu també utilitza la imatge de la dansa ballada per persones de l'àmbit de la religió (una monja, la reina bíblica Esther) amb personatges maleïts (el diable, un embriac):

> **«Ha cessat el ball**
> **de l'altiva monja**
> **i de l'embriac.**
>
> **La dansa també**
> **del pelut dimoni**
> **amb la reina Esther.»**
>
> («Perquè un dia torni la cançó a Sinera»)

En aquest temple, el vent oficia. En primer lloc, encensa, **«escampa fum»**, damunt **«marbres de rics altars»** —aquí el marbre pres com a símbol d'opulència, noblesa, art— i per vinyes plenes de raïm daurat.

A diferència del poema X, on el vent té connotacions positives —allunya la pluja—, aquí les té clarament negatives. En comptes d'encens escampa fum, presagi de mort i de destrucció, i executa un ritual sinistre:

> **«...marca**
> **amb un senyal el rostre**
> **del qui farà la via**
> **vers el xiprer.»**

Aquesta cerimònia és una rèplica de la que l'església catòlica celebrava el «dimecres de cendra», el primer dia de la Quaresma, un temps de penitència. El capellà dibuixava amb cendra una creu al front dels fidels, mentre els deia les següents paraules, inspirades en l'Eclesiastès: «Recorda, home, que ets pols i que a la pols has de tornar.»

***Hivern (XX).*** El poeta crea un clima inhòspit: l'arç i el grèvol són dos arbustos aspres i punxeguts. La tramuntana porta el fred viu de la neu de muntanyes llunyanes, que no es veuen des de Sinera.

***Primavera (XXI).*** La Naturalesa celebra fastuosament el recomençament del seu cicle vital. També com la tardor és duta per cavalls, al·legoria potser del pas ràpid del temps i de l'etern retorn.

## Estat anímic del poeta (XXII-XXV)

A XXI, el jo líric manifesta que la seva vida està aclaparada sota el pes d'unes estructures —probablement socials, polítiques, morals— que se li fan molt feixugues: «**suporto l'equilibri d'un ordre arquitectònic**».

S'hi vol rebel·lar, però no el pot enderrocar i es resigna a continuar-lo aguantant, lluita contra les ànsies de llibertat —«**combato contra pensaments singulars**»— i intenta autoconvèncer-se amb raons poc creïbles, que se li fan dures i amargues —«**per metafísics camins de fred i pluja**».

La darrera estrofa d'aquest poema és un fidel retrat del drama del català i de la mateixa expressió literària d'Espriu —«**la veu trencada**»—, i de la vida anodina, de trist oficinista, que mena —«**diumenges amb demà sempre igual**»—, mentre se li va escolant l'existència, buida de sentit —«**mentre s'apaga la llum d'abril**».

A XXIII i XXIV, reitera la seva obsessió pel record d'èpoques millors —«**he caminat estances de la casa**

**perduda»**— i la seva visió nihilista i desesperançada de l'esdevenidor: el pas dels anys —«**eternitzades hores**»—, el desig del poeta d'un canvi positiu de les coses —«**imaginats imperis**»— no faran que retornin els bons temps: «**no naixerà cap marbre**», «**no s'alçaran vols d'àngels**». L'única cosa que el temps durà serà la mort.

***La petita «Odissea» (XXV).*** El jo líric ens explica la història de la seva vida amb ressonàncies populars (la cançó tradicional «A la vora de la mar/hi ha una donzella) i èpiques (Ulisses). L'autor compara el seu periple vital al viatge de l'heroi grec. Com ell, tenia una casa, embolcallada pel somni, i una pàtria tranquil·la, ordenada. Igual que Ulisses navegava en una «**esvelta barca**» per «**lliures camins**».

Ara es troba al mig de la tempesta, sense esperances de salvació. Semblantment al personatge mític i als seus companys, el poeta és arrossegat pel cant de les Sirenes, els monstres marins que amb les seves belles melodies atreien els navegants i els devoraven, quan s'havien llançat a l'aigua per sentir-les de més a prop.

A diferència d'Ulisses, la pàtria de retorn del qual es conservava intacta, l'autor té la casa i la pàtria destruïdes: «**avui cau nit de fosca damunt la meva casa**».

En aquest poema el subjecte líric s'adreça per primera vegada a una segona persona, expressant la seva necessitat d'interlocutor.

En ple naufragi llança un crit desesperat, demanant auxili: «**qui pot guiar-me a l'alba?**»

## TERCERA PART: DINS LA TOMBA (poemes XXVI-XXX)

***La mort simbòlica.*** Cansat de bregar inútilment en el temporal de la vida, el poeta desisteix de lluitar (XXVI-XXVII). La seva pàtria —«**la terra dels pares**»—, que era l'ideal de la seva existència —«**somni, sentit**»—, s'ha convertit en un «**sepulcre vastíssim**».

La seva llengua, que es parlava **«entre els vells límits de la vinya i el mar»**, ha esdevingut **«difícil paraula que puc dir-me encara»**.

La vida del poeta, sense nord, ha perdut la raó de ser. Per això, el jo líric mor simbòlicament: **«Em moro/perquè no sé com viure**.» Sembla que amb aquesta mort el poeta assoleix la pau.

> **«...M'encerclen**
> **blanques parets, pau alta**
> **i bona ran dels arbres,**
> **sota la pols i l'ombra.»**

Una pau íntima, pregona —**«aquesta pau és meva»**— i vetllada per Déu. És difícil establir el significat de Déu en aquests versos: Un Déu desentès de la vida del gènere humà? Un Déu personal, amorós? La Mort? El repòs etern en la foscor del No-res?

***L'amic.*** A XXIX, el poeta sent acostar-se a la seva tomba les passes d'un amic, **«privat de Déu encara»**, que potser no ha trobat la pau. El poeta s'hi adreça i li diu que, per saber qui va ser ell realment, no cal que llegeixi el seu nom escrit a la làpida del sepulcre. Expressa així que el nom, els trets físics i psicològics d'una persona, no ens poden revelar l'insondable misteri, el pou sense fons que és l'ésser humà, el seu **«secret últim»**. Altament és **«tan sols un home»**, amb tota la grandesa, misèria i enigma que la condició humana comporta.

***La immortalitat.*** El darrer poema és una imprecació dirigida al vianant que s'aturi davant la tomba del jo líric —**«on el meu nom et crida»**. Li demana que desitgi que ell, el poeta mort, **«dormi/somniant mars en calma,/la claror de Sinera»**. És un desig d'immortalitat, de benestar perdurable, o sigui, que el seu somni etern no estigui immergit en la foscor de la inexistència, sinó que sigui lluminós, plàcid —«**mars en calma**»—, paradisíac, amarat de «**la claror de Sinera**», que Espriu tant estimava i que per ell era el paradigma de la felicitat.

## L'ETERN RETORN

Com han observat els estudiosos Josep M. Castellet i Rosa M. Delor, **Cementiri de Sinera** avança en una successió d'hores encadenades. Aquest lliscar del temps ve expressat en el text per l'encavallament d'uns poemes amb els altres, mitjançant la repetició d'algunes paraules o conceptes d'un poema en el poema següent. L'autor reprendrà aquesta tècnica en el llibre **Mrs. Death** i ja no l'abandonarà més.

Fem un esquemàtic resum de com, segons la teoria de Rosa M. Delor, ha desenvolupat Espriu aquest encavallament a **Cementiri de Sinera**.

En el primer poema apareix un terme que és repetit en el segon poema. En aquest, en surt un altre de nou que és repetit en el poema tercer. Ara bé, aquell terme que havia enllaçat els poemes primer i segon queda eliminat en el tercer, i així successivament.

Aquesta dinàmica d'aparició d'un nou tema i eliminació de l'anterior articula tot el llibre i dóna aquest ritme: ...a/ a...b/ b...c/ c...d/ d...e/ i així fins al final. Diu Delor que això ens dóna la progressió lineal del temps cap endavant.

Ara bé, el darrer poema enllaça amb el primer, de manera que es tanquen en un cicle que recomença cada vegada i es repeteix infinitament. Expressa així Espriu la seva idea de temps cíclic, d'etern retorn de la Naturalesa, ja esmentat en l'Eclesiastès:

> **«El que fou tornarà a ser. Allò que es va fer és el que es farà: no neix res de nou sota el sol.»** (1,9)

Observa Delor que aquesta concatenació de termes només es trenca en els poemes que descriuen el pas de les hores del dia i el devenir de les estacions de l'any. Els dies, les estacions, són mesures de la vida humana, que, en contrast amb l'etern retorn de la Natura, no és cíclica, sinó lineal i desapareix amb la mort per no tornar.

La cadena es torna a reemprendre en el poema XXI, al·lusiu a la primavera com a renaixement de totes les coses i represa del cicle natural.

Reproduïm de Delor l'encavallament de poemes:

| **I** | **II** | **III** | **IV** | **V** |
|---|---|---|---|---|
| mar en<br>calma<br>recordo | lent record<br><br>pols de<br>rials | pols<br>sorrenca<br>cendra | cendra<br><br>meu record | vells<br>records<br>carrers<br>en silenci |

| **VI** | **VII** | **VIII** | **IX** | **X** |
|---|---|---|---|---|
| als rials<br>no sona<br>rengleres<br>de xiprers | xiprer<br>vigila<br>dits<br>benèvols | ditets de<br>Sinera<br>entre<br>puntes | escomesa<br>de puntes<br>records<br>de pluja | exèrcit de<br>la pluja<br>vent<br>nocturn |

| **XI** | **XII** | **XIII** | **XIV** | **XV** |
|---|---|---|---|---|
| vent<br>nocturn<br><br>camps | camps<br><br><br>matí | —<br><br><br>migdia | —<br><br><br>tarda | —<br><br><br>vespre |

| **XVI** | **XVII** | **XVIII** | **XIX** | **XX** |
|---|---|---|---|---|
| —<br><br><br>nit alta | nit alta<br><br><br>barca | barca<br><br><br>estiu | —<br><br><br>tardor | —<br><br><br>hivern |

| XXI | XXII | XXIII | XXIV | XXV |
|---|---|---|---|---|
| primavera | sorra molla | llum d'abril | estances | l'alba |
| sorra molla | llum d'abril | estances | l'alba | somni |

| XXVI | XXVII | XXVIII | XXIX | XXX |
|---|---|---|---|---|
| somni | no lluito | aquesta pau | Déu | nom |
| no lluito | pau alta | Déu | nom | mars en calma |

| I |
|---|
| mars en calma |

## EL CICLE DE LA MORT

**Cementiri de Sinera** encapçala els cinc llibres de poemes coneguts com «el cicle de la mort». Els quatre restants són: **Les hores** (1952); **Mrs. Death** (1952); **El caminant i el mur** (1954) i **Final de laberint** (1955). En la present edició, juntament amb **Cementiri de Sinera** es publiquen **Les hores**. Per bé que la introducció i els exercicis només es refereixen a **Cementiri de Sinera**, molts dels aspectes tractats poden ser aplicats a **Les hores**.

AGUSTÍ ESPRIU MALAGELADA

# CEMENTIRI DE SINERA

*I totes les filles de cançó*
*seran humiliades.*

Ecle 12:4.

A Friede L. Martorell,
que va estimar també Sinera.

*I*

Pels rials baixa el carro
del sol, des de carenes
de fonollars i vinyes
que jo sempre recordo.
Passejaré per l'ordre
de verds xiprers immòbils
damunt la mar en calma.

*II*

Quina petita pàtria
encercla el cementiri!
Aquesta mar, Sinera,
turons de pins i vinya,
pols de rials. No estimo
res més, excepte l'ombra
viatgera d'un núvol.
El lent record dels dies
que són passats per sempre.

## *III*

Sense cap nom ni símbol,
ran dels xiprers, dessota
un poc de pols sorrenca,
endurida de pluges.
O que l'oratge escampi
la cendra per les barques
i els solcs dibuixadíssims
i la llum de Sinera.
Claror d'abril, de pàtria
que mor amb mi, quan miro
els anys i el pas: viatge
al llarg de lents crepuscles.

## *IV*

Els meus ulls ja no saben
sinó contemplar dies
i sols perduts. Com sento
rodar velles tartanes
pels rials de Sinera!
Al meu record arriben
olors de mar vetllada
per clars estius. Perdura
en els meus dits la rosa
que vaig collir. I als llavis,
oratge, foc, paraules
esdevingudes cendra.

## *V*

Pels portals de Sinera
passo captant engrunes
de vells records. Ressona
als carrers en silenci
el feble prec inútil.
Cap caritat no em llesca
el pa que jo menjava,
el temps perdut. M'esperen
tan sols, per fer-me almoina,
fidels xiprers verdíssims.

*VI*

Les aranyes filaven
palaus de rei,
estances que empresonen
passos d'hivern.
Les barques de Sinera
no surten més,
perquè els camins de l'aigua
són fets malbé.
El sol no pot estendre,
per als ulls cecs,
domassos de les festes
damunt el gel.
Als rials ja no sona
cap cascavell.
Avanço per rengleres
de xiprers.

*VII*

Arriba el raïm tendre,
portat per dits benèvols
del sant màrtir de plata.
En processó tremolen
llumenetes de ciris
i acompanyen la tarda
a ben morir: viàtic
dels records de Sinera.
Per contemplar-los pujo
on el xiprer vigila.
Clarors de lluna besen
jerarquia de cimes.

## *VIII*

Plourà. L'àvia Muntala
desa el sol a l'armari
del mal temps, entre puntes
de mantellina fetes
per ditets de Sinera.
Algun ocell voldria
penetrar les difícils
presons de llum. Contemplo
serens xiprers a l'ample
jardí del meu silenci.
Passen dofins pels límits
d'aquesta mar antiga.

*IX*

Vol de records de pluja
aguditza suplicis
d'aquestes flors que moren
al fràgil pas harmònic
de la tarda i de l'aigua.
Com calla el mar! Enlaire,
triomf, destí, reialme,
escomesa de puntes.
Els xiprers recollien
claror de cel plorada
en miralls momentanis.

## *X*

Ordenador de rengles
de xiprers i silenci,
conferiré serena
autoritat de màgics
ceptres a mans augustes.
Vent nocturn, himne, bronze
antic contra l'exèrcit
de la pluja, difícil
solitud retrobada.
Déus pastors amuntanyen
dòcils ramats de núvols.

## *XI*

La pluja mor, oferta
mirall d'ella mateixa.
Llums vacil·lants atrauen
lentes falenes.

El vent nocturn parava
als camps, al cementiri.
Quan torni a desvetllar-se,
serà el nou dia.

*XII*

Aloc, els boixos,
a l'ombra de l'auleda.
El vent, a penes
llevat dels camps, fa moure
cada matí les fulles.

## *XIII*

Quan és migdia,
a les parets s'encalmen
ombres de núvols.
Mur blanc d'aquell recinte,
a l'entorn del silenci.

*XIV*

Cristall, memòria,
remor de font, de clares
veus allunyades.
La llarga tarda miro,
amb pauses d'or i somni.

## *XV*

Per la maresma
s'estén un fred, lentíssim
toc de campanes.
Boires i grills dominen
tots els camins del vespre.

## *XVI*

Passen les guardes
de dolços ulls que vetllen
el record de Sinera.
La nit és alta
i encén tranquils missatges
de vides perdurables
damunt el cementiri.

## *XVII*

Ai, la negra barca,
que per mi vigila
des de la nit alta!

Ai, la barca negra,
que ve pel meu somni
del mar de Sinera!

La veu de la dama,
lluny del temps. Escolto
la cançó de marbre.

## *XVIII*

La barca pren ribatge
en la pau de Sinera,
on velles mans reposen
sota vells arbres.

L'estiu tardà s'allunya
del foc proper dels pàmpols,
quan jo només espero
hores passades.

## *XIX*

Els ostiaris
d'un culte antic obrien
les portes a la dansa
del santet i el diable,
entre cavalls que vénen
del mar, amb les carrosses
del mal temps.

El vent escampa
fum de tardor per marbres
de rics altars, per vinyes
on l'or és dens, i marca
amb un senyal el rostre
del qui farà la via
vers el xiprer.

## *XX*

Arços i grèvol,
oculta neu, prim aire
de tramuntana.
Hivern del mar: sol fràgil
damunt platges desertes.

*XXI*

Lliures cavalls, a l'alba,
per la deserta platja.
Veus i tambors proclamen
    la primavera.

Després, fet nou silenci
damunt el mar, les hores
encadenades besen
    la sorra molla.

## *XXII*

Damunt la sorra molla
suporto l'equilibri
d'un ordre arquitectònic.

Subtil, pietosíssim,
resignat sota dogmes,
combato contra
pensaments singulars
per metafísics
camins de fred i pluja.

La veu trencada, cristall
del meu dolor, diumenges
amb demà sempre igual,
sempre igual, mentre s'apaga
la llum d'abril i miro
de mantenir les voltes.

## *XXIII*

Mentre s'apaga
la llum d'abril i cessen
les filles de cançó,
en un crepuscle immòbil,
he caminat estances
de la casa perduda.

## *XXIV*

No naixerà cap marbre
d'eternitzades ones
ni s'alçaran vols d'àngels
d'imaginats imperis.
Car és vingut de sobte
el temps dolent, i em porten
veus de records, per buides
estances de Sinera,
fins al guaita de l'alba,
xiprer que sap l'incendi
del mar i d'aquest núvol.

## *XXV*

A la vora del mar. Tenia
una casa, el meu somni,
a la vora del mar.

Alta proa. Per lliures
camins d'aigua, l'esvelta
barca que jo manava.

Els ulls sabien
tot el repòs i l'ordre.
d'una petita pàtria.

Com necessito
contar-te la basarda
que fa la pluja als vidres!
Avui cau nit de fosca
damunt la meva casa.

Les roques negres
m'atrauen a naufragi.
Captiu del càntic,
el meu esforç inútil,
qui pot guiar-me a l'alba?

Ran de la mar tenia
una casa, un lent somni.

## *XXVI*

No lluito més. Et deixo
el sepulcre vastíssim,
abans terra dels pares,
somni, sentit. Em moro,
perquè no sé com viure.

## *XXVII*

Somni, sentit, concretes
barques al vent, difícil
paraula que puc dir-me
encara, entre vells límits
de la vinya i el mar. No lluito
contra l'esforç de viure
no sabent com. M'encerclen
blanques parets, pau alta
i bona ran dels arbres,
sota la pols i l'ombra.

## *XXVIII*

Aquesta pau és meva,
i Déu em vetlla.
Dic a l'arrel, al núvol:
«Aquesta pau és meva.»

Des del jardí contemplo
com passen lentes hores
pels meus ulls enigmàtics.
I Déu em vetlla.

## *XXIX*

Pas de l'amic que sento
privat de Déu, encara:
cerques un nom inútil,
        per aturar-te?

Sabràs millor quin era,
pel nom, el secret últim
de qui va precedir-te?
        Tan sols un home.

*XXX*

Quan et deturis
on el meu nom et crida,
vulgues que dormi
somniant mars en calma,
la claror de Sinera.

*B., març 1944 - maig 1945.*

# LES HORES

*Non so chi sia, ma so ch'ei non è solo.*
Purg., XIV, 4.

# I

Recordant B. Rosselló-Pòrcel (5-I-1938).

## *MIRALL FRÀGIL*

Allunyat en abismes,
on el rostre m'espera,
m'atanso a veure'm.
Quan l'ombra endinsa
el pur cristall, em sento
en silenci somriure.

## *ROSTRE*

Dolor de somni, m'alço
nocturna font, per rebre
la teva set. Medusa,
ulls maternals. T'infantes
per sempre pau, en veure'm
des de records, boirosos
estius, miralls, navili
asserenat de marbre.

## *ESPERA*

Aleshores diré: «Cims i núvols
i terres al lluny i la lenta
ferida del riu i l'incendi
del cel, molts crepuscles
damunt el desert i els vells arbres
estimats com a déus, per als homes
retornen encara.
Però jo, que esperava aquest dia,
vet aquí que sóc mort.»

## *TARDOR*

El vent, els boscos
moren besant la lenta
llum de la tarda.
Exèrcits de nit vénen
pels camins solitaris.

*GALOP*

Mentre cavalques temença, camins,
poltrades de nit i de veus, solitari
cec genet oratjós, en la pau tot de sobte
caigut, no pensat ja per sempre.

## *ARBRE*

Jo et vaig somniar majestat invisible
que plana pel vell nom de cada cosa.
Arrelat en dolor de la cendra,
un home només, et portava, sepulcre,
pare mort, dintre meu, en silenci,
i et cridava amb paraules de vent
d'antics mil·lenaris, que encenen la ira.
No has respost mai al clam i em deixaves
en temença de nit, foc secret, alta flama,
arbre Déu en la nit.

*NAUFRAGI*

On fugir? Només ombra, record,
fosc domini. Orba i lenta, en triomf
per carrers d'aigua negra, la nit
ha besat aquest marbre.

*FLAMA*

En cercle, nit, esguarden
recent silenci, marbre
en triomf, apagada
boca rebel. Quin ritme
rar de metalls, per àrid
reialme, t'encamina
a nu combat? Pressento
com esdevens difícil,
pervers, príncep de mortes
cendroses flors, paraules.

## *NIT*

Pal·lidesa. Supliques,
apregonat, amb llavis
àvids de neu, més càntic,
moments d'abril. Encara
en clos de nit bornaven
guerrers, música, porpra,
fràgils records de sedes,
quan vas quedant immòbil,
sense retorn de l'aire,
dura blancor que vetllo.

## *A L'ALBA*

Jo no sé quina
freda nit m'allunyava
del teu silenci.
A l'alba vaig mirar-te
per última vegada.

## *EN LA TEVA MORT*

Fustes sonores, cròtals,
secrets tam-tams de selva
avisen com augmentes
en dolor, impossible
de retornar-te a límits
on pot encara dir-se,
singular, la pregària.
Madur d'empreses, ídol
en temples momentanis,
nostre record, t'allunyes
avui per glaços, càntic
tot anul·lat en pluja.

## *ORACIÓ EN LA TEVA MORT*

Quan roures enyorosos
de verds marins comencen
crepusculars missatges,
volent-te foc, demano
nova claror, que siguis,
davant altars on cremen
ardents silencis d'ales,
encès cristall, més flama,
llum de cançó senzilla.

## *PETITA CANÇÓ DE LA TEVA MORT*

La teva mare broda
en el carrer de l'Om.
La teva mare broda,
broda claror.

La teva mare canta
una cançó,
la vella història trista
d'un gran amor.

La pluja li contava
la teva mort,
la pluja li contava
com has mort sol.

Albes de fred agrisen
tot el record.
La teva mare plora
en el carrer de l'Om.

*NOVA CLAROR*

Damunt les meves hores, l'altivesa
d'un càntic vell que sento en llunyanies
de nit, de fum, de solitud vetllada.
Quin fosc record dominarà per sempre?
Torna la intacta serenor de l'alba.

## *SAGITARI*

Vàrem passar, estremida,
ahir la vetlla, i torna
avui l'arquer tot nu,
amb l'arc i l'alba.

—Que fredament t'allunyo
per la terra d'enlloc, on pot només seguir-te
la teva solitud sense paraules!
Fum o dolor? El meu agut somriure
traspassa l'altivesa del teu càntic.

Et perds, germà difícil
de la rosa i el foc, per la secreta
llei del camí que uneix l'arrel amb l'ala.
Ja el cor i els ulls no saben
qui fores tu.

## *SEQÜÈNCIA*

D'ahir, només, i ja sense vestigis
d'algun dolor fidel que t'acompanyi
on ets perdut. Flama extingida, cendra
d'unes paraules que del tot morien.
El teu record, llum de llunyanes tardes.

## *MEMÒRIA*

Escolto sempre
el teu etern silenci
a la muntanya.
Altres temps, altres hores
fan el record difícil.

# II

Recordant sempre la meva mare (7-VIII-1950).

## *INVITACIÓ A PARTIR*

La fruita d'or, llunyana.

—Deixa enrera el record
de la perduda tarda.
Deixa enrera la veu
de la muntanya.
Navega fora port,
a l'esperança.

Calma, illa, veler,
la fruita d'or.

## *CAMÍ DE MAR*

A la conquesta
de servituds de príncep,
ànima, nau, viatgera,
vas a l'atzar, sense llum,
per la lluita d'un dia.
I a l'altre,
tot ja és tenebra.

## *SOTA LA PLUJA*

Sota la pluja,
arbres, camí, silenci,
vides llunyanes.
Sense recança miro
com el meu pas s'esborra.

*VIANANT*

Suporto abismes
i el secret de la flama que dóna
una esperança de claror.

Els llums del vespre encenen
quieta felicitat, rera les portes
del palau solitari.

Com fum, com l'heura,
com el vent de les altes
silencioses planures,
vetllo, abraço, rondo.

Em cridaven a unir-me
amb rebels que obeeixen
disciplines de pluja.

Avança en somnis
el caminant. Ressona
com un cor, des del silenci,
el pas del caminant.

## *VIATGE D'HIVERN*

La pluja clama sempre
damunt la fortalesa de Déu,
però jo no responc sinó amb silenci,
perquè el temps ha passat.

Somric al gran missatge
d'aquelles hores. Només
sé ara que la sang
m'ha destruït el món.

Per una erta plana
de mar, de nit, camino
un hivern solitari.
No sé l'indret de l'illa
de l'esperança: només,
que sang que no he vessat
m'ha destruït el món.

## *PORT DE RETORN*

Perduts en la llunyana
dificultat de l'aigua,
passen velers que porten
el senyal dels oratges
soferts en la recerca
del port del temps, on alça
un vell poder vastíssim
hostils fredors de marbre.
La meva veu no els guia
per les ones amargues.
Que caiguin als abismes
d'una mort sense gràcia!
Des de la nit defenso
la solitud guanyada
amb la victòria inútil
de l'or i de l'estàtua.

## *PLUJA*

No ve d'enlloc. Partir?
No hi ha paraula màgica que trenqui
aquest costum de l'ull, aquest silenci
sonor de dards. La primavera, el luxe
dels anys i de la llum, ara es perdia
en el camí vençut. Les esperances
han mort a temps. Tot és de nou perfecte
al llarg de la buidor: la lenta pluja
no va a cap banda.

## *DANSA DE LA MORT*

Per l'atzar diversíssim
del nostre temps, la pluja
subtil ha d'aplegar-nos.
Dintre la nit que escolta
flamejaran lents ciris,
cera rebel, exèrcit
neguitejat per l'ordre
llunyà de les serenes
pàtries de llum, dels nobles
portadors del silenci.

## *MISSATGE*

—De llunyanes riberes glaçades,
de la memòria fidel de la nit, on no arrela
el somni vagarós de l'esperança,
ve per tu, ve per tu, petit home.

Mira com et volta el triomf dels asfòdels,
mira com avança la dama
sense ulls, la barca
del vell solitari.

Ve per tu, ve per tu. A mostrar-te,
per tot el silenci del mar, el reialme
fidel de la nit, on floreixen
pàl·lidament, en triomf, els asfòdels.

## *LLIURE VOL*

Portat enllà del glaç, en captiveri,
a la suprema llum que va pensar-me
neguitejada cendra, sempre atreta
per l'alta serenor de les estrelles,
sento clamar l'eterna rebel·lia
de les vides del foc i de la terra,
del mar, del vent, dels arbres mil·lenaris.
Per la força del plany que ens agermana,
lliure i fidel, orbes presons rompudes,
aplegaré l'exèrcit innombrable
al meu entorn, cabdill d'un vol vastíssim
que haurà de fer-nos, on la nit acaba,
iguals als éssers resplendents de glòria.

## *PSYCHÉ*

Nua, vençuda
per l'esplendor de l'alba,
la viatgera
plena de crims, inútil
vol vacil·lant, falena.

## *KERŪBIM*

Igual als éssers sofridors de glòria
teva, feixuga, eterna, abrusadora
més que la llum de totes les estrelles,
          jo vull semblar-te.

Si jo en el meu vol pogués confondre'm
entre l'exèrcit de les veus santíssimes
que lloen per damunt de les estrelles
          l'alta bellesa!

Aire solcat, esdevindria cendra
fora del temps, càntic serè, victòria
de l'orba cendra tan neguitejada
          per les estrelles.

## *TERRA NEGRA*

Reposa del camí. Sota l'ull d'or,
el regne és infinit. A la planura
de calma i solitud, el vent s'adorm.

Riu amunt, entre murs de desert,
ve la barca del déu. Mil estendards
flamegen en els pals, radiants de sol.
Sacerdots remadors canten vells himnes
al senyor de la mort, mentre fereixen
el llot, les aigües grasses.

Aquesta llum, la pau d'aquest llarg dia,
són teves, caminant, si l'ampla terra
del blat etern et crida pel teu nom.

## *RETORN*

L'arquer governa
el noble vol harmònic
de la sageta.
Fidel al temps, retorno
al meu callat origen.

*COMIAT*

Qui sap la greu partença
d'avui o de demà,
o qui diria encara
una paraula?
Només somric i penso
a destruir el nom
amb el silenci.

*B., 1934 - 1951.*

# III

Recordant allunyadament Salom (18-VII-1936).

## *ELS JACINTS*

Sentir només, saber de cada cosa
el nom senzill, el simple nom, carícia
com de l'abril damunt les noves fulles,
mentre la llum de pluja de la tarda
s'allunya a poc a poc amb els jacints.
Clar moment de la flor, emmirallada,
molt guardada, darrera
bellesa d'unes flors dintre els meus ulls.
Després, per l'aire, a penes
fràgil record, enllà del verd intens
d'herba que mulla aquesta lenta pluja.

## *OLIVERAR, PROP DE S. CHIARA*

Més benigna claror, encara l'ample cel
enllà dels dolços sants, darrera les muntanyes
que limiten avui el meu somni feliç
de la planura al sol, de l'encalmada plata?
Oh bellesa que tanco al lentíssim esguard,
com empresono als ulls tota la llum mirada!
Però lluny, pels camins de l'aire i de la mar,
pel batec de la sang, amb un continu plany,
em crida el gran dolor de la terra que estimo.

## *PONTOS*

Al fons dels ulls tranquils del mar
he vist el somni
caigut, romput, del temple
d'un déu antic.
Ai, marbre fred del temps, la meva vida
que perdo contra el glaç de les paraules!
Damunt la roca nua de la mort,
puc ja només alçar l'alta columna
d'aquest dolor, un aspre, solitari
crit sense cant,
sense record del cant, mentre s'emporten
negres ales del torb la llum del dia
per les presons del cel i m'emmirallen,
invitant-me a partir, enllà d'un serveníssim
camí profund, els ulls tranquils del mar.

## *AUGUSTA PERUSIA*

Entre el lleó i el griu, com l'antiga cadena
de la ciutat vençuda: així faig oblació
d'aquest gran pes mortal que salvo lentament
del clam i del desig de la vela llunyana.

La sang es vessa a poc a poc pels esglaons de roca,
i m'espanto de sentir-me somniat, en el vent,
per la impassible llum de les altes muntanyes.

Encara miren a les velles proes
els ulls que saben els camins del mar.
Però jo, despullat del record de les barques,
pujo la meva vida fins al cim de les àguiles,
pujo la nua vida als solitaris cims,
perquè em coroni un lliure vol d'ocells.

## *PROMETEU*

El somni de llibertat esdevé la cadena
que em lliga ja per sempre al meu cant dolorós.
M'he compadit dels homes, de la freda tristesa
de l'estrany temps dels homes endinsats en la mort,
i els portava cristall i cremor de paraules,
clarosos noms que diuen els vells llavis del foc.
Àguila, vinguda del naixement del llamp,
d'on veus com és pensada la blancor de la neu,
cerca, per a la llum, la més secreta vida:
per al sol, palpitant, tota la nua vida.
Obriràs amb el bec eternament camins
a la sang que ofereixo com a preu d'aquest do.

## *OMNIS FORTASSE MORIAR*

El vespre és ple de sang, i no sé quin combat
magnifica el llarg plany del ponent, rera els cims.
Del fons d'uns ulls de cec he vist com surt el gos
maligne de la nit i corre pels camins
amplíssims de la por, lladrant la meva mort.
Oh, l'ocell que no canta, el bosc silenciós,
adormit príncep, vent! Ara cauré tot sol
i no seré més nom, ni record, ni dolor.
Escolto com se'n van aquelles clares veus
de la fulla i de l'aigua, estima l'últim cor,
a poc a poc em sento agermanat al fang.

## *OFRENAT A CÈRBER*

He donat la meva vida a les paraules
i m'he fet lenta pastura d'aquesta fam de gos.
Ah, guardià, caritat per als ossos,
car ja t'arribo sense gens de carn!
Vaig enfonsar les mans en l'or misteriós
del meu vell català i te les mostro
avui, sense cap guany, blanques de cendra
del meu foc d'encenalls, i se m'allunya
per la buidor del cap el so del vidre fràgil.
Ara ballo amb dolor, perquè riguin les goles,
per obtenir l'aplaudiment dels mil lladrucs,
i em coronen amb un barret de cascavells.

## *PERQUÈ UN DIA TORNI LA CANÇÓ A SINERA*

El meu somni lent
de la gran pau blanca
sota el cel clement.

Passo pels camins
encalmats que porten
la claror dels cims.

És un temps parat
a les vinyes altes,
per damunt del mar.

He parat el temps
i records que estimo
guardo de l'hivern.

Però tu riuràs,
car veus com es tanquen
llavis catalans.

I es baden al sol
boques de captaires,
plagues de leprós.

Ningú no ha comprès
el que jo volia
que de mi es salvés.

Mai no ha entès ningú
per què sempre parlo
del meu món perdut.

Les paraules són
forques d'on a trossos
penjo la raó.

Branden a ple vent
cordes que no poden
suportar més pes.

El càntic és lluny,
i la greu campana
toca pels difunts.

Ha cessat el ball
de l'altiva monja
i de l'embriac.

La dansa també
del pelut dimoni
amb la reina Esther.

Ja no volta l'ós.
He llegit el llibre
del Predicador.

Deso a poc a poc
dintre de la capsa
tots els meus ninots.

Ara he de callar,
que no tinc prou força
contra tant de mal.

D'un mal tan antic
aquesta veu feble
no et sabrà guarir.

En un estrany buit,
manen el silenci
i la solitud.

Sols queden uns noms:
arbre, casa, terra,
gleva, dona, solc.

Només fràgils mots
de la meva llengua,
arrel i llavor.

La mar, el vell pi,
pressentida barca.
La por de morir.

## *PERQUÈ L'ENTONIS AMB COMPASSIU AMOR*

Que no sigui, però, la cançó de l'odi,
nascuda de la injusta i llarga humiliació.
Ara em despengen uns dits piadosos
de les forques senyorials de la paraula,
i cau a poc a poc la clara pluja
en aquesta terra nostra de pobres sembrats.
Oblido dolçament les ones i les hores,
i la por de morir m'esdevé una tranquil·la
mirada de caminant molt cansat a la porta
de l'hostal silenciós i càlid de la nit.
Enllà quedava la remor de les amples aigües,
em criden al repòs del profund desert,
el meu maligne nombre se salva en la unitat.

## *HO VOLDRIA DIR*
## *AMB ELS MEUS LLAVIS DE VELL*

Amb sofriment he vist. Ja no recordo el mar.
Camino l'últim solc, després vindrà el desert.
Sota claríssims cels, escolto com el vent
em diu el nom guanyat, aquest meu nom: «Ningú.»
Seran temps de repòs, i em decanto a mirar
per darrera vegada la llum d'un llarg ponent.
Ara, sense cap por, tot sol, m'allunyaré,
nit endins, Déu endins, per la sorra i la set.

## *SPIRITUAL, AMB LA TROMPETA DE LOUIS ARMSTRONG*

No s'acaben amb mi la cadena i el temps.
Uns dits purs alçaran el benigne
silenci de Déu,
cada dia i per sempre, damunt el meu crit:
el silenci em dóna l'antic nom de fill.

Mira com lluitaven pel cantó de l'est
folls reis que volien corones de neu.
Aquesta feixuga raó ponderal
els guerrers monarques no suportaran.

No t'ha de commoure, recte pensament,
que vegis més clares o fosques les pells.
I et diré que els negres són germans del blanc,
perquè, quan els pengis, sàpigues plorar.

Si les barques no surten a mar,
pescador, boca closa,
si la vela no guanya la mar,
la suor de l'home de què menjarà?

Ara els camps són erms,
i anirem a la terra d'Egipte,
on el blat ja creix.
Tots els pous són secs,
i anirem fins a l'aigua tan ampla,
a calmar la set.

A la naixença del riu,
alt arquer solitari,
des de l'origen de l'arbre i del riu,
dispara'm sageta cap al ben morir.

## *PIRAGUA*

Venia pel nou matí,
d'on és petita l'aigua.
Fletxa i riu han començat
arran del mateix arbre.

L'esguarda tota la son
del lent bou que llaurava.
Al fons dels ulls adormits,
és més fúlgida plata.

El sol jove l'ha mirat,
i la fosca muntanya,
i l'aire que ve dels camps
al dolç fum de la casa.

L'emmirallarà l'instant
cantat d'unes paraules
tan fràgils, que romp la flor
de neu en desfullar-se.

Deixa de seguida enllà
tranquil·les veus de tarda,
molta llibertat d'ocell,
la llum tan encalmada.

Obre dolor de camí
per la cega germana
i en l'obscur corrent s'enduu
vells records de font clara.

Dessota dels ponts reials
de l'ampla nit ja passa.
Cor endins d'aquella mar
sense retorn s'allunyava.

*B., abril - novembre 1954.*

# PER LLEGIR MILLOR...

## ENDINSEM-NOS EN EL TEXT

**1 Assenyala quina de les tres possibilitats següents expressa el sentit global de l'obra:**

- ❑ *a*) El poeta recorda un passat feliç que no tornarà i tria, entre diverses possibilitats de futur, la mort.
- ❑ *b*) El poeta recorda un passat feliç que no tornarà i, davant un present sense sortida, es veu abocat únicament a la mort.
- ❑ *c*) El poeta, veient que tant el passat com el present són nefastos, es veu abocat a la mort.

**2 Assenyala quina d'aquestes tres definicions de Sinera s'ajusta més a la realitat:**

- ❑ *a*) La mitificació de l'Arenys de la infantesa d'Espriu, abans de caure ell malalt.
- ❑ *b*) El món d'Arenys descrit tal com era en la realitat.
- ❑ *c*) La mitificació de l'Arenys de la infantesa d'Espriu, un cop s'ha produït el naufragi personal del poeta i el col·lectiu del país.

**3 Quina és per a Espriu la significació del temps passat?:**

- ❑ *a*) Un temps millor que no tornarà.
- ❑ *b*) Un temps igual a l'actual.
- ❑ *c*) Un temps que no vol recordar.

**4 Quina és la significació del temps present?:**

- ❑ *a*) Un temps plàcid.
- ❑ *b*) Un temps de revolta.
- ❑ *c*) Un temps d'angoixa, sense futur.

**5 Quina és per a l'autor la significació del temps futur?:**

- ❑ *a*) No existeix.
- ❑ *b*) Un temps per a l'esperança.
- ❑ *c*) Un temps col·lectivament positiu, però negatiu per a l'autor.

**6 Indica quina de les tres definicions següents s'acosta més al concepte de la vida humana en Espriu:**

- ❑ *a*) Temps exultant, de realització de desigs.
- ❑ *b*) Temps de resignació, però esperançat.
- ❑ *c*) Camí cap a la mort.

**7 Quin d'aquests tres és el concepte de camins per a l'autor?:**

- ❑ *a*) Paratges desconeguts, allunyats del poeta.
- ❑ *b*) La trajectòria de la vida.
- ❑ *c*) Les possibilitats de futur.

**8 Omple aquests mots encreuats amb els conceptes que signifiquen mort per a Espriu d'entre els que es fan constar a sota:**

Vinya, sepulcre, carro del sol, filles de cançó, barca negra, casa, flor, dama, aranya, cançó de marbre, vent nocturn, xiprer, naufragi, ones, somni, fosca.

**9 Entre les imatges citades, subratlla les que expressen sentit de vida:**

Claror d'abril, fum de tardor, lliures cavalls, passos d'hivern, lent crepuscle, esvelta barca, remor de font, carro del sol, llum de Sinera, exèrcit de la pluja, clars estius, boires d'hivern, neu, dofins, domassos de les festes, blanques parets.

**10 Amb tots els termes següents, fes-ne tres columnes, una amb els conceptes positius, una altra amb els negatius i una tercera amb els termes ambivalents:**

Nit, fred, abril, vent, or, estiu, somni, hivern, aranya, camins, sol, pàtria, mal temps, viàtic, foc, marbre, xiprer, cendra, oratge, crepuscle, boires, casa, claror, pluja.

| *Positius* | *Negatius* | *Ambivalents* |
| --- | --- | --- |

**11** **Enllaça cada un dels conceptes de la primera columna amb els altres dos que els són similars a la segona i la tercera.**

| | | |
|---|---|---|
| cançó de marbre | hores | Sinera |
| claror d'abril | casa | camins |
| pàtria | xiprer | temps perdut |
| ones | llum de Sinera | temps |
| casa perduda | lliures cavalls | dama |
| esvelta barca | sols perduts | clars estius |

**12** **Omple els següents mots encreuats amb les referències a elements de la mitologia i de la cultura universal que es fan a** Cementiri de Sinera, **entre els que s'enumeren a baix:**

Venus, Llibre dels Morts, Moisès, Ulisses, nimfes, Jeremies, Aquil·les, Caront, Diana, sirenes, Eclesiastès, Anubis, Apol·lo, Hèctor, Gènesi, Ra, Ruth.

**13 Busca a la sopa de lletres els principals mites geogràfics espriuans que trobis entre els termes que es detallen a sota:**

| | | | | | | | | | | | |
|---|---|---|---|---|---|---|---|---|---|---|---|
| E | N | O | S | E | R | E | X | I | R | A | B |
| F | K | C | E | K | U | I | X | I | C | O | L |
| K | I | O | T | A | R | D | U | N | Y | M | E |
| L | I | M | N | D | A | R | A | H | P | E | S |
| V | I | T | O | I | L | P | E | I | Y | R | G |
| M | A | C | E | C | L | E | N | U | L | O | C |
| C | R | I | T | B | N | O | T | R | A | C | A |
| R | E | T | S | O | C | U | S | N | I | L | U |
| E | N | R | L | A | V | I | N | I | A | R | E |
| N | I | N | J | I | R | E | N | O | A | B | A |
| I | S | E | A | J | N | A | R | A | F | L | A |
| T | O | R | R | A | N | E | F | A | Y | I | P |

Bearn, Burgundòfora, Letícia, Lavínia, Arcàdia, Sinera, Famagusta, Alfaranja, Baratària, Konilòsia, Pharos, Sepharad.

**14 Relaciona els indrets de la columna de l'esquerra amb els escriptors que hi han incidit, de la columna de la dreta:**

| | |
|---|---|
| Mallorca (Bearn) | Josep Pla |
| Delta de l'Ebre | Joaquim Ruyra |
| L'Empordà | Miquel Llor |
| La Garrotxa | Narcís Oller |
| Blanes | Llorenç Villalonga |
| Vic (Comarquinal) | Sebastià Juan Arbó |
| Valls (Vilaniu) | Marià Vayreda |

**15** **En el poema VII, busca al diccionari el significat de la paraula «cimes» i explica el sentit de la frase:**

> **«Clarors de lluna**
> **besen jerarquia de cimes.»**

**16** **En el poema X, busca al diccionari què vol dir el verb «amuntanyar» i explica el sentit dels versos:**

> **«Déus pastors amuntanyen**
> **dòcils ramats de núvols.»**

## I LA MÈTRICA?

**17** *a*) **Mesura el poema III.**
*b*) **Quina peculiaritat té el primer vers del tercer quartet?**

**18** *a*) **Mesura el poema VIII.**
*b*) **Quina llicència mètrica fa el primer vers?**

**19** **Mesura els poemes del XII al XV, i estableix-ne les similituds.**

**20** *a*) **Mesura el poema XVII.**
*b*) **Quina peculiaritat té dintre el conjunt del llibre?**

## UNA QÜESTIÓ D'ESTIL

**21** **En les imatges següents destria quines són metàfores i quines paradoxes:**

El carro del sol, la cançó de marbre, l'exèrcit de la pluja, claror de cel plorada, l'incendi del mar, només espero hores passades, claror de pàtria, carrosses del mal temps.

| *Metàfora* | *Paradoxa* |
| --- | --- |

**22** **Quina figura retòrica s'utilitza en aquestes expressions?: «dits benèvols», «on el xiprer vigila», «ditets de Sinera».**

**23** **D'entre les següents figures: quiasme, pleonasme, joc de paraules, prosopopeia i zeugma, quina utilitza l'autor en aquests versos?:**

**«M'esperen**
**tan sols, per fer-me almoina,**
**fidels xiprers verdíssims.»**

**«...L'àvia Muntala**
**desa el sol a l'armari**
**del mal temps.»**

**«El vent...**
**...marca**
**amb un senyal el rostre**
**del qui farà la via**
**vers el xiprer.»**

**24** **Busca els apòstrofes que hi ha a** Cementiri de Sinera.

**25** **Quina és la figura retòrica que s'utilitza en aquests versos?**

> **«...Enlaire,**
> **triomf, destí, reialme,**
> **escomesa de puntes.»**

**26** **Entre les següents figures: eufemisme, encavallament, aposició, sinestèsia, cacofonia, explica quina és la utilitzada en els versos que transcrivim:**

> **«Al meu record arriben**
> **olors de mar vetllada**
> **per clars estius.»**

**27** **Busca cinc al·literacions i interpreta el seu sentit en el context del poema.**

- 
- 
- 
- 
- 

## SUMARI

III